"J'ai vu les cernes de Robert Desnos,
immenses et plus creux encore
que si les épines de la rose avaient
usé le bas de ses yeux..."

COURT MÉ-TRAGE

SI TU SAVAIS

Benoît Broyart

oskar éditeur

1

Ce livre-là, je l'ai volé. J'ai aimé ça, sentir que mon cœur battait vite et fort. Le moment où on se dit qu'une grosse main pourrait bien se poser sur votre épaule – *Hep, jeune homme. Tu fais quoi, là ?* –, c'est excitant. La vie devrait être pleine de moments comme ça. Des instants où ça cogne dans la poitrine. J'aime les sensations fortes. Vivre et ne pas végéter. Autrement, à quoi bon ? Longtemps que je cherche les déflagrations. Voler ce livre-là, c'était bon. Un plaisir simple et solitaire.

La pression est montée petit à petit. Mes jambes se sont contractées quand je suis entré dans la librairie. J'ai dit bonjour. Je suis un voleur poli. Je savais déjà que si je voyais le livre de Robert Desnos, je le prendrais. *Corps et biens*, collection Poésie Gallimard. J'avais toutes les références, et je me souvenais surtout d'un morceau de texte qu'on avait étudié en classe. Ça s'appelait *À la faveur de la nuit*.

« Ferme les yeux. Je voudrais les fermer avec mes lèvres. »

Je n'avais jamais rien lu de pareil. Je ne sais pas pour qui Robert Desnos avait écrit ça, mais elle avait de la chance. Il avait dû faire un malheur. Il me fallait son livre.

Je voulais écrire des poèmes qui ne seraient pas ridicules et j'avais besoin d'un modèle. Pour l'instant, j'étais juste arrivé à aligner quelques phrases creuses. *Quand je vois tes yeux, j'aimerais m'y noyer* ou *Dès que tu passes près de moi, je ne suis plus personne* et d'autres trucs du même genre. Je vidais ma corbeille au moins une fois par jour et, comme tout poète qui se respecte, je faisais brûler mon petit tas de papier au fond du jardin. Je regardais alors les phrases ratées se tordre puis partir en fumée avec satisfaction, une des cigarettes de mon père accrochée aux lèvres. Il fallait que ça cesse. Il fallait que ça change. C'était urgent.

Je devais me mettre à écrire vraiment. Des choses que personne d'autre avant moi n'avait trouvées. À cause d'Anaïs. Elle était arrivée dans la classe depuis un mois et déjà, elle m'avait arraché le cœur avec les dents. Les sensations fortes, c'est sûr, c'était avec Anaïs comme jamais auparavant. Ça cognait dans mon thorax dès qu'elle était à moins de dix mètres. Mais impossible de l'approcher sans trembler. Pour l'instant, j'avais fait semblant de l'ignorer ou presque parce que j'avais juste peur de m'étaler, de m'écrouler devant elle avant même d'avoir ouvert la bouche. Un vrai poème, c'était la seule solution. De toute façon, ce qu'elle me faisait à l'intérieur, je ne pouvais pas lui dire en face. J'allais lui écrire mais pour ça, je devais trouver des mots puissants.

J'avais du travail, et Robert Desnos allait m'aider.

Le rayon poche est au sous-sol. Il n'y a pas de caméras. Juste des miroirs, mais si on s'y prend bien, on peut y arriver. En descendant l'escalier, j'ai senti un peu de sueur couler dans mon dos. J'y étais presque. Le vendeur avait la tête dans un carton. Le livre était juste devant moi. Il y avait une photo de Robert Desnos sur la couverture. Il avait l'air fatigué. De grands cernes noirs soulignaient ses yeux. Rien d'étonnant, il avait dû en passer des nuits blanches pour arriver à écrire des phrases aussi belles.

J'ai attrapé le livre et je l'ai enfoncé dans mon pantalon, sous mon pull. Je suis remonté au rez-de-chaussée de la librairie. J'ai tourné un peu dans les rayons en prenant l'air de chercher quelque chose d'autre. Heureusement que personne ne m'a adressé la parole à ce moment-là. Je suis sûr que j'avais le visage du coupable idéal. Deux minutes plus tard, j'étais sorti et devenu insoupçonnable.

Pourtant, j'ai continué à suer pendant au moins cinq cents mètres. Dans une rue déserte, j'ai enfin libéré Robert Desnos et j'ai mis le livre dans mon sac. Il était à moi, maintenant.

2

Il n'y avait personne à la maison quand je suis rentré. Juste un mot sur la table de la cuisine. *Mange sans moi si tu veux, je serai là vers vingt heures.* Mon père avait la bonne idée de faire des heures sup, c'était parfait. Je ne l'aurais pas sur le dos. La nuit était tombée d'un seul coup. J'ai repensé aux cernes sous les yeux de Robert Desnos. L'obscurité était forcément un bon moment pour les poètes. J'avais deux heures de tranquillité devant moi. Deux heures pour passer à la vitesse supérieure, c'était peu. Mais je n'avais pas le choix si je voulais attirer l'attention d'Anaïs.

Dans la classe, il y avait une majorité de gros lourds avec lesquels je ne me sentais aucun point commun. Ils draguaient comme on va à la chasse ou à la pêche. Anaïs n'était pas sensible à ça. D'ailleurs, depuis qu'elle était arrivée, je ne l'avais vue embrasser personne. Sans doute parce que personne ne lui avait écrit de poème.

Mais une fois que je serais parvenu à lui faire lire *le* plus beau poème jamais écrit, il se passerait quoi ? Elle allait venir vers moi ? C'est ça. Je la voyais déjà s'approcher. Elle aurait un sourire qui ne me laisserait aucun doute. J'avais besoin de ce sourire-là. Autrement, je resterais coincé tout au fond de moi, comme d'habitude. Incapable de faire le moindre geste. Il fallait qu'elle s'approche, qu'elle me sourie puis qu'elle me prenne la main. Au moins ça.

Déposer quelques mots dans son sac, surtout à un moment où elle ne pourrait pas me voir, c'était tout ce dont j'étais capable. J'allais lui ouvrir mon cœur en grand, mais elle trouverait peut-être ça ridicule. J'aurais la honte de ma vie. Aucun sourire cette fois ou juste un presque-sourire pour se moquer. *C'est toi, le poète ?* Je préférais penser que mon plan réussirait. C'était le seul que j'envisageais, de toute façon.

Je suis monté dans ma chambre en faisant un crochet par le bureau de mon père. Il laissait toujours un paquet de cigarettes dans son tiroir, heureusement. J'allais avoir besoin de fumer. Je me suis enfermé dans ma grotte par réflexe. Ça ne servait à rien puisque j'étais seul. Je me suis approché de ma table. D'abord lire avant d'écrire quoi que ce soit. Considérer Desnos comme un grand frère et non comme un maître. La période que je vivais, il avait dû connaître ça, lui aussi. Il s'en était sorti et il était passé à la postérité. Il fallait que je m'applique. Les phrases manquées, je les collectionnais. Ça n'avait que trop duré.

J'ai pris le livre qui devait m'ouvrir en grand les portes de la poésie et j'ai commencé ma lecture. J'avais des difficultés à trouver un rythme. C'était différent des romans.

Là, c'était comme du langage concentré. Ça ne racontait pas une histoire. Ça décrivait des sensations avec des images. L'avantage était aussi qu'on pouvait ouvrir le livre à n'importe quelle page pour piocher des phrases.

Et puis je suis tombé là-dessus :

« Une étoile qui meurt est pareille à tes lèvres. »

Moins de dix mots. J'ai relu ça je ne sais pas combien de fois. C'était exactement ce que je ressentais. L'étoile qui s'éteignait et les lèvres d'Anaïs qui risquaient de s'éloigner. Quelque chose de puissant et de triste à la fois. Un instant, j'ai pensé que puisque je ne ferais jamais mieux, j'allais recopier ça sur une feuille pour Anaïs. Elle comprendrait. Mais je ne pouvais pas voler les mots de Robert Desnos. Je n'étais pas un imposteur. J'ai découvert encore quelques merveilles en poursuivant ma lecture.

« J'ai tant rêvé de toi que mes bras habitués en étreignant ton ombre à se croiser sur ma poitrine ne se plieraient pas au contour de ton corps, peut-être. »

Au fond, il suffisait peut-être que je me laisse aller. J'avais entendu parler de ça. L'écriture automatique. Et dans ce domaine, Desnos était un génie apparemment. J'allais me brancher sur le bon canal comme on le fait pour écouter la radio. La prise jack enfoncée directement dans le cœur. Et là, les mots allaient s'aligner d'eux-mêmes.

J'ai allumé une cigarette et j'ai pris mon stylo. Dans une heure, il serait trop tard. Mon père frapperait à la porte et m'assommerait avec ses questions. *Tu n'as pas mangé ? Tu n'as pas trouvé le mot que je t'avais laissé ?* J'avais encore un peu de temps avant de retomber dans le quotidien. Devant la feuille, j'ai essayé de ne pas avoir peur. J'ai écrit des mots puis j'ai rayé. J'ai recommencé des dizaines de fois. C'était nul. Comme d'habitude. Puis j'ai fermé longtemps les yeux pour voir Anaïs. Je voulais qu'elle marche en moi. J'aurais aimé que tout son corps soit en moi. Et soudain, je l'ai sentie si proche que j'aurais pu la toucher, en rêve.

À ce moment-là, en bas de ma feuille, j'ai écrit une phrase qui m'a semblé être un morceau de poème. *Aucun mot pour traduire le mouvement de ton corps dans la marche.* Là, je tenais peut-être quelque chose.

3

Comme tous les matins, j'ai fait mon sac deux minutes avant de partir. J'entendais mon père de l'autre côté de la porte... comme tous les matins. *Tu es prêt ? Dépêche-toi un peu, tu vas louper ton bus.* La veille, j'avais arrêté juste à temps ma première vraie expérience poétique. Desnos avait joué son rôle. Sa lecture m'avait permis d'accéder à une partie de moi que je ne connaissais pas encore. Une grosse boule d'émotion forte sur le point d'éclater, avec Anaïs qui tenait toute la place à l'intérieur. La phrase que j'avais sortie de cette pelote contenait, j'en étais sûr, une part de magie. C'était précieux. *Aucun mot pour traduire le mouvement de ton corps dans la marche.* Anaïs apprécierait, sans doute.

J'avais vite compris que la solution n'était pas de se laisser aller vraiment. C'était plus compliqué. Bien sûr, il fallait ouvrir les vannes avec la prise branchée dans le cœur, mais ça ne suffisait pas. Écrire, c'était surtout comme marcher sur des dalles mal jointes et glissantes. Ce qu'il fallait capturer, c'était le moment juste avant la chute. Ce petit morceau d'équilibre instable et miraculeux dans lequel les images poétiques se tiennent, prêtes à être saisies. J'avais recopié la phrase sur un papier blanc en sortant de mon lit, après avoir vérifié qu'elle sonnait aussi bien que la veille. C'était sûr, je n'avais rien à ajouter. Anaïs comprendrait. J'avais signé ma déclaration puis je l'avais glissée dans une enveloppe.

Je suis sorti de la maison en coup de vent, après avoir lancé un *Bon, j'y vais, à ce soir* à mon père comme chaque matin. Le bus était bondé. J'ai réussi à avancer de trois mètres puis je me suis immobilisé, coincé entre un gros moustachu qui sentait la sueur et une femme qui cachait son âge sous des tonnes de maquillage. J'avais mon sac dans le dos et, à l'intérieur, l'équivalent d'une bombe. D'ici quelques heures, ma vie allait changer. J'allais passer à l'acte aujourd'hui. Après, les dés seraient jetés. Je deviendrais un héros ou un raté. Personne n'était au courant de rien pour le moment. À part le fantôme de Robert Desnos qui me suivait comme une ombre avec son œil bienveillant. J'ai vu mon visage qui se reflétait dans la vitre du bus. Il souriait.

Je suis arrivé au lycée quand ça sonnait. C'était parfait, je n'avais aucune envie de croiser Anaïs maintenant. En marchant dans les couloirs, j'ai eu la sensation que mon sac était devenu transparent, que les murs avaient des oreilles hypersensibles et que tout le monde était au courant de mon expérience de la veille. C'était stupide, je le savais bien. Personne ne pouvait se douter de quoi que ce soit et d'ailleurs, tout le monde se foutait de ce que je pouvais bien faire le soir, dans ma chambre. N'empêche qu'en marchant, j'avais les jambes molles et le cœur un peu trop serré. Je n'étais plus sûr de rien, persuadé que sur mon front, les mots *N'importe quoi* venaient de s'inscrire en rouge. J'allais dans le mur, et Desnos ne pourrait rien pour moi, cette fois-ci.

Le secret que je portais dans mon dos ne tiendrait pas longtemps. En classe, je me suis assis à côté de Philippe. Lui ne serait pas intrigué par les lettres sur mon front. La poésie et les filles ne faisaient pas partie de son monde, de toute façon. Bien sûr, il avait sorti une feuille le premier, attendant, comme s'il avait soif, les équations que M. Hulme allait nous demander de résoudre. De mon côté, j'avais renoncé aux mathématiques depuis la quatrième et je ne savais pas pourquoi j'avais atterri en section scientifique. Erreur de casting. Heureusement que M. Hulme n'a pas eu l'idée de m'envoyer au tableau. Mon cahier d'exercices était vide, et je n'avais pas envie de me faire remarquer. Comme chaque fois, le cours a été interminable. Je ne regardais pas le tableau. Anaïs était installée loin de moi, inaccessible. En une heure, j'ai juste eu le temps de faire passer l'enveloppe de mon sac à la poche de mon pantalon, discrètement. Ça m'a donné des sueurs froides. Je savais que j'étais sur le point de me jeter dans le vide. Il me restait le plus important. Atteindre le sac d'Anaïs.

La pause entre les deux heures de maths semblait le moment idéal. J'ai réussi mon coup avec plus de facilité que je ne l'aurais pensé. L'avantage est qu'en réalité, c'est moi qui suis transparent, pas mon sac. Personne ne me regarde. Je n'existe pas. J'ai attendu un peu avant de sortir. Anaïs était déjà dans le couloir quand je suis passé devant sa table. J'ai modifié mon plan et j'ai enfoncé l'enveloppe dans sa trousse. Une décharge électrique m'a traversé tout le corps.

Sensation ultra forte. Elle allait trouver ma déclaration dès qu'elle reviendrait s'asseoir. J'ai rejoint le reste de la classe dans le couloir et me suis appuyé contre le mur, un peu à l'écart. Je ne savais pas quand j'allais m'écraser, mais c'était comme si les réacteurs de l'avion dans lequel j'étais monté venaient de prendre feu.

4

J'ai passé le reste du cours de maths à surveiller les mains d'Anaïs, mais à aucun moment elle ne les a plongées dans sa trousse. Ça valait peut-être mieux comme ça. Après tout, tant qu'elle n'avait pas découvert le poème que j'y avais placé, mon rêve tenait bon dans la réalité et je pouvais m'y accrocher.

La sonnerie m'a fait sursauter. Anaïs a rangé son stylo sans rien remarquer, et j'ai senti que les choses se compliquaient. La bombe était dans son sac, je n'avais aucune idée du moment où elle allait exploser, et cette perspective me mettait dans un drôle d'état. Il y avait trop de pression en moi. Je me sentais fragile. Si la situation ne se dénouait pas rapidement, j'allais éclater en mille morceaux. J'avais peur. Je me suis demandé comment j'avais pu être à ce point naïf. Devenir un grand poète en un soir, c'était forcément impossible.

La journée s'est étirée comme jamais. À croire que le monde autour de moi s'était mis à marcher au ralenti pour m'imposer une épreuve de plus. Durant cette attente interminable, j'ai guetté le moindre changement sur le visage d'Anaïs, le moindre indice qui aurait pu signifier qu'elle avait trouvé mon poème. Peine perdue. Elle avait le même comportement envers moi que d'habitude : elle ne me regardait pas. Dépité, je n'ai pas eu la force d'affronter la fin de la journée. Rongé par le doute, j'ai séché la séance de sport de l'après-midi et je suis rentré à la maison. Mon père m'écrirait un mot pour le lendemain. *Veuillez excuser mon fils pour son absence en sport. Ce dernier souffrant de lombalgie, etc.* Il le faisait à chaque fois que j'en avais besoin.

Dans le bus du retour, j'ai pris le livre que j'avais gardé dans mon sac, et je l'ai ouvert au hasard. Un fantôme bienveillant, ça ne me suffirait pas. C'était un peu ridicule mais je me suis raccroché aux poèmes de Desnos une nouvelle fois. Je lisais des bribes. Je tournais les pages très vite comme j'aurais lancé une roulette de casino. Où était la bonne case ? Où se cachait la clé ? Au détour d'une image, Desnos allait me dispenser un conseil. Les sentiments, c'était sa spécialité.

Les mots me traversaient sans laisser de trace. Je pensais trop à Anaïs, elle prenait toute la place. Au moment où je m'y attendais le moins, c'est Desnos lui-même qui m'a poignardé dans le dos. Une phrase que mes yeux ont saisie au hasard m'a achevé. Elle sonnait pour moi comme une prémonition. La poésie me permettait de lire ce qui était inscrit entre les lignes comme jamais, mais cette fois, j'aurais vraiment préféré m'en passer. Desnos avait écrit pour moi, c'est sûr, ce qui suivait :

« J'ai tant rêvé de toi que tu perds ta réalité. Est-il encore temps d'atteindre ce corps vivant et de baiser sur cette bouche la naissance de la voix qui m'est chère ? »

Mon grand-frère en poésie me glissait à l'oreille une très mauvaise nouvelle. Alors que j'étais sur le point de me noyer, il m'appuyait sur la tête. J'ai failli manquer mon arrêt de bus. Je suis sorti juste avant que la porte ne se referme et j'ai eu pendant un moment envie de balancer Desnos et ses poèmes prémonitoires. Ces mots-là, il pouvait se les garder. J'aurais voulu qu'ils disparaissent au fond d'une poubelle, sous des dizaines de pots de yaourt vides et d'épluchures de légumes. J'étais en colère. Je me sentais trahi et impuissant. Trahi parce que cette poésie qui me semblait si juste hier ne m'avait servi à rien. Impuissant parce qu'ils avaient de la chance, ceux qui ne restaient pas bloqués en eux-mêmes. Ils se seraient avancés vers Anaïs pour lui poser la question simplement, sans élaborer des coups aussi tordus que les miens. *Anaïs, tu veux sortir avec moi ?* J'étais un incapable. *Aucun mot pour traduire le mouvement de ton corps dans la marche.* N'importe quoi. Anaïs ne comprendrait rien.

Il n'y avait personne à la maison quand je suis rentré et le même mot que la veille sur la table de la cuisine. *Mange sans moi si tu veux, je serai là vers vingt heures.* Je suis monté dans ma chambre, j'ai tiré les volets et je me suis allongé en fermant les yeux. Je voulais garder encore un peu Anaïs en moi. Derrière mes paupières, puisque je ne dormais pas, je restais totalement maître du rêve que j'avais construit. J'étais à la veille d'un grand effondrement. Le presque-sourire moqueur qu'elle me lancerait demain m'anéantirait. Je redeviendrais alors le petit tas de sable insignifiant que tout le monde écrase et que j'avais toujours été. Mais j'avais le droit de garder Anaïs prisonnière quelques heures encore, en plein milieu du cœur. Personne ne m'en empêcherait. Et la poésie n'avait rien à faire là-dedans. Desnos pouvait rester au fond de mon sac.

5

Comme tous les matins, la voix de mon père a traversé la porte de ma chambre. *Tu es prêt ? Dépêche-toi un peu, tu vas louper ton bus.* Mais cette fois, j'étais encore dans mon lit. Je m'étais endormi tard dans la nuit et je n'avais pas entendu mon réveil. J'aurais préféré rester définitivement sous ma couette et ne plus retourner au lycée, mais je savais que si je ne bougeais pas, mon père reviendrait à la charge deux minutes plus tard. Inutile de résister. Je n'avais pas envie d'attirer son attention non plus, j'avais peur qu'il me pose des questions auxquelles je n'aurais pas envie de répondre. *Tu en fais une tête. Quelque chose ne va pas ? Tu sais que tu peux me parler, mon garçon.* Impossible de lui expliquer ce que je vivais avec Anaïs, ou plutôt ce que je ne vivrais pas avec Anaïs. Ça ne le regardait pas. Il ne comprendrait rien et finirait par me sortir une phrase du style *Une de perdue...*

Je me suis levé et j'ai préparé mes affaires en deux minutes, en prenant soin d'expulser Robert Desnos de mon sac. J'ai regardé un moment ma corbeille à papier mais finalement, j'ai posé le recueil de poèmes sur mon bureau. Il resterait dans la chambre toute la journée ; et ma table de travail serait pour lui un purgatoire. Personne ne parcourrait ces lignes. Il l'avait bien cherché. J'étais terrorisé à l'idée de rouvrir ce livre qui semblait tout savoir de moi. Hier, quand j'avais lu la phrase qui m'assurait que tout était perdu d'avance, j'avais eu la sensation d'être vulnérable. C'était même pire. Desnos avait su regarder au fond de moi ce que je tenais de plus secret. La poésie avait un pouvoir que je détestais, celui de mettre à nu.

Je suis sorti de la maison en coup de vent

comme si de rien n'était, alors que j'étais anéanti, après avoir lancé un *Bon, j'y vais, à ce soir* à mon père. Il était tellement préoccupé par son travail, il n'a même pas remarqué que je n'avais pas déjeuné. J'avais des nœuds plein l'estomac et je n'aurais rien pu avaler. Une nuit entière était passée sur la plus grosse erreur de ma vie. J'étais certain qu'Anaïs savait maintenant. J'allais au casse-pipe. Après m'avoir arraché le cœur, elle allait me trancher la tête. Un beau carnage.

Je suis descendu du bus deux arrêts avant le lycée. J'avais besoin de marcher. Peu m'importait d'arriver en retard. La journée commençait par deux heures interminables de maths, et mon cahier d'exercices était désespérément vide.

Je suis arrivé en classe quand M. Hulme fermait la porte. *Allez ! Il se dépêche un peu. Il voit bien qu'il est en retard.* Je me suis assis en évitant de relever la tête mais ça n'a pas loupé, il m'a envoyé au tableau. *Il m'apporte son cahier.* Les pages se sont ouvertes sur tout le vide que j'avais accumulé depuis des semaines et M. Hulme a soupiré en refermant mon cahier. *Il n'a pas fait ses exercices alors il retourne à sa place et il viendra me voir à la fin du cours.*

Juste avant de me rasseoir, j'ai cherché Anaïs et mes yeux ont trouvé son visage. Elle m'a regardé en souriant, mais c'était impossible de savoir si le mouvement de ses lèvres avait un rapport avec le mot glissé dans sa trousse ou si ce qui l'amusait, c'était seulement la magnifique performance que je venais de réaliser au tableau. Un élève qui ne fait rien en maths dans une section scientifique, ça attire forcément l'attention. Mon cœur s'est mis à cogner fort et j'ai recommencé à imaginer n'importe quoi. Je me suis renfoncé dans mon rêve en me disant que tout n'était pas perdu. Je n'avais pas besoin de fermer les yeux, mais je n'étais là pour personne. À l'intérieur, les images défilaient à grande vitesse. Tout était possible. J'embrassais Anaïs et je ne voyais plus la salle de classe autour de moi. Je passais mes bras autour des hanches d'Anaïs et je n'entendais pas M. Hulme dicter ses équations. Anaïs me caressait les lèvres. Je n'étais pas en cours de maths.

Quand M. Hulme m'a demandé de venir le voir, je me suis contenté de hocher poliment la tête et de lui dire que j'allais faire des efforts. Il ne s'en est pas aperçu, mais il avait accès uniquement à la façade. Le reste de mon corps avait quitté la classe depuis longtemps.

Après m'avoir fait la morale, M. Hulme m'a enfin libéré, et j'ai suivi le couloir pour rejoindre la cour. Dans un coin de l'escalier, Anaïs m'attendait. Elle s'est avancée lentement vers moi. Elle était magnifique. *Impossible de décrire le mouvement de ton corps dans la marche.* Et j'ai cru que je ne parviendrais pas à rester debout tellement ça tapait sous mes côtes. C'est elle qui allait parler, heureusement.

J'en aurais été incapable. J'ai voulu lui sourire, mais ma bouche s'est tordue. Mon corps me jouait souvent ce genre de tours. J'avais des difficultés à le contrôler. Je crois que je tremblais même un peu. Après quelques secondes, j'ai compris que mon exécution approchait. Anaïs avait l'air embarrassée et non amoureuse.

– J'ai trouvé le mot dans ma trousse. Tu sais, personne ne m'a jamais écrit un truc pareil. C'est de la pure poésie. Bravo. Je suis touchée mais je ne sais pas quoi te dire de plus. Comment je pourrais te dire ? Entre toi et moi, ce n'est pas possible. Je suis désolée.

J'ai regardé Anaïs descendre l'escalier. J'avais des larmes qui commençaient à me tapisser le fond de la gorge mais je n'ai rien laissé sortir. Une immense tristesse a coulé en moi et je suis parti du lycée sans que personne ne me voie. Après un bref instant dans la lumière, j'étais redevenu transparent. J'allais rentrer à pied. J'avais besoin de marcher. Le rêve était fini, et la poésie ne m'était d'aucun secours.

6

J'ai tenté d'épuiser tous les kilomètres de goudron que j'ai trouvés pour m'éloigner du lycée. J'avais les jambes et le cœur en charpie. J'ai marché jusqu'à ce que la nuit tombe pour effacer l'empreinte du corps d'Anaïs, sans y parvenir. À l'intérieur, j'avais les chairs à vif et elle continuait d'y évoluer, contre son gré. Je n'avais pas envie qu'elle parte. Je n'avais ni colère contre elle, ni rancœur. Après tout, elle n'allait pas se forcer, mais il y avait le corps de celle que j'aimais palpitant en moi, et les images impossibles de nous deux continuaient à défiler dans ma tête. J'aurais pu marcher des heures encore, ça n'aurait rien changé. Il n'y avait aucun remède possible. Anaïs persistait et, à chaque pas, tout devenait plus noir dans ma tête. J'avais la sensation qu'il me faudrait un temps infini pour que je m'habitue à cette idée : ça ne se ferait jamais.

Bien sûr, il n'y avait personne à la maison quand je suis rentré, et j'ai fait un crochet par le bureau de mon père. Son paquet de cigarettes était vide. Je me suis enfermé dans ma chambre avec l'intention de ne plus en sortir. Une fois assis sur mon lit, les larmes ont mis un temps infini à percer et à couler sur mes joues. Rien n'éclatait. Je ne sanglotais pas mais ça faisait du bien. C'étaient de fines particules de tristesse qui s'échappaient. Je débordais.

Je ne sais pas combien de temps je suis resté comme ça. Une bonne éternité à mon avis, car j'ai entendu la porte d'entrée se refermer. D'ici quelques minutes, mon père allait toquer à ma porte et tenter de me faire sortir de ma grotte.

J'ai regardé du coin de l'œil le recueil de poèmes. Il était toujours à sa place. J'ai repensé au moment où j'avais glissé ma déclaration dans la trousse d'Anaïs. Le courage qu'il m'avait fallu. Si j'avais pu me jeter au-dessus du vide et franchir ce fossé, c'était surtout grâce aux lignes que j'avais lues. J'ai attrapé le livre et je l'ai ouvert au hasard pour tester une dernière fois son soi-disant pouvoir magique. Les pages se sont cornées sous mes doigts qui tremblaient. Quelle serait la teneur du message, cette fois-ci ? Desnos resterait muet, sans doute, incapable de trouver une solution pour calmer la peine qui me rongeait. Mais ce que j'ai découvert m'a soufflé définitivement.

« Si tu savais comme je t'aime et, bien que tu ne m'aimes pas, comme je suis joyeux, comme je suis robuste et fier de sortir avec ton image en tête, de sortir de l'univers. »

En lisant, j'ai compris que l'écriture avait le pouvoir de transformer les gens et que je ne redeviendrais jamais le petit tas de sable que j'avais été avant ma rencontre avec la poésie. J'allais redresser la tête. Anaïs avait été touchée, même si ça n'avait pas suffi, et je n'avais pas été ridicule.

Desnos avait lu en moi une fois de plus, et sa main venait pour me sortir de l'eau froide qui glaçait mon sang. Comment pouvait-il être à ce point proche de ce que j'avais caché tout au fond ?

C'est ce soir-là que j'ai fait entrer le poète dans ma bibliothèque intime. J'ai rangé *Corps et biens* sur une de mes étagères. Mais ce n'est pas ça le plus important. Robert Desnos s'est fait surtout une place dans un coin de mon cerveau. Depuis, il n'en est pas ressorti. J'ai su grâce à lui ce que j'allais faire de ma vie. Et j'ai su également qu'avant de me remettre un jour à écrire pour déplacer des montagnes d'émotion et de sentiments, j'allais lire beaucoup. Mon cœur, en tout cas, n'était pas prêt de s'arrêter de battre.

Toutes les citations de Robert Desnos
sont issues de *Corps et biens*,
Collection Poésie-Gallimard,
éditions Gallimard, 1973.

1926

À la mystérieuse

À la faveur de la nuit

« *Ferme les yeux.*
Je voudrais les fermer avec mes lèvres. »
(page 6)

J'ai tant rêvé de toi

« *J'ai tant rêvé de toi que tu perds ta réalité.*
Est-il encore temps d'atteindre ce corps vivant
et de baiser sur cette bouche la naissance de la voix qui m'est chère ? » (page 26)

« *J'ai tant rêvé de toi que mes bras habitués*
en étreignant ton ombre

À se croiser sur ma poitrine ne se plieraient pas
Au contour de ton corps, peut-être. »
(page 14)

Si tu savais

« *Si tu savais comme je t'aime et, bien que tu ne m'aimes pas, comme je suis joyeux, comme je suis robuste et fier de sortir avec ton image en tête, de sortir de l'univers.* »
(page 39)

1927

Les ténèbres

L'idée fixe

« *Une étoile qui meurt est pareille à tes lèvres* » (page 14)

L'auteur

"Né à Reims en 1973, Benoît Broyart a été employé de librairie et chroniqueur pour Le matricule des anges. Depuis 2005, il a publié une vingtaine d'ouvrages pour la jeunesse, romans et albums, chez Thierry Magnier, Sarbacane, Milan, Oskar éditeur, Gulf Stream et Beluga. En 2008, il a écrit pour la compagnie Drolatic Industry le texte du spectacle Lunatic. Il a créé également le spectacle Les contes de la cabine en 2011 dans lequel il est auteur et comédien."

Cavale
Auteur : Benoît Broyart
"Paul, on va faire un tour ?...
Je comprends vite à son sourire en coin. Maman a une idée derrière la tête"
Thèmes : Maman - fugue - fragilité
ISBN : 9782350008578

Les petites marées
Auteur : Séverine Vidal
"Il faudra que je lui dise que ce n'est pas de sa faute à elle. On ne se mariera pas dans la chapelle au-dessus de la plage du Verger."
Thèmes : Amitié - amour impossible
ISBN : 9782350008363

Mes chaussures couleur caca
Auteur : Réchana Oum
"J'essaie tous les jours de faire plaisir à Papa, mais j'y arrive pas."
Thèmes : Ado - violence morale - manque de confiance
ISBN : 9782350008110

L'étrangleur du 15 août

Auteur : Sandrine Beau

"Il laissa un message étouffé :

- S'il vous plaît, venez vite. Il est chez moi."

Thèmes : Tueur - témoin - danger

ISBN : 9782350008103

Publié par Oskar éditeur
21, avenue de la Motte-Picquet
75007 Paris - France
Tél. : +33 (0)1 47 05 58 92
Fax : +33 (0)1 44 18 06 41
E-mail : oskar@oskarediteur.com
Site Internet : www.oskarediteur.com

Auteur : Benoît Broyart
Design : Jean-François Saada
Édition : Françoise Hessel
Mise en page : David Lanzmann

ISBN : 978-2-3500-0892-9
Dépôt légal : mai 2012
Imprimé en Europe
Loi n° 49-956 du 16 juillet 1949 sur les
publications destinées à la jeunesse